Fantasia submisa
Dominació i submissió eròtica
Erika Sanders

ERIKA SANDERS

Títol
Fantasia Submisa
de
Erika Sanders
sèrie
Dominació i submissió eròtica

@ Erika Sanders, 2023
Imatge portada: @ Demian, 2023
Primera edició: 2023

Tots els drets reservats. Prohibida la reproducció total o parcial de l'obra sense l'autorització expressa de la propietària de l'autor.

Sinopsi

Vaig respirar fondo i lentament el vaig bufar, llepant, els llavis secs.

Feia només una hora que tenia el control?

O al menys l'opció d'allunyar?

El vaig escoltar moure per l'habitació, el televisor tornant-se a encendre ... donant-me adonar que estava esperant que em posés còmoda.

Vaig tancar els ulls, no és que importés, ja que no podia veure de totes maneres a través de la bena als ulls ...

Fantasia submisa és una història de fort contingut eròtic BDSM i, al seu torn, també pertanyent a la col·lecció Dominació Eròtica, una sèrie de novel·les d'alt contingut BDSM romàntic i eròtic.

(Tots els personatges tenen 18 anys o més)

Nota sobre l'autora:

Erika Sanders és una coneguda escriptora a nivell internacional, traduïda a més de vint idiomes, que signa els seus escrits més eròtics, allunyats de la seva prosa habitual, amb el seu nom de soltera.

índex:

FANTASIA SUBMISA
DE
ERIKA SANDERS

CAPÍTOL I

"Ara sí que t'has ficat en un compromís".

Resoplé suaument.

Era un so molt poc femení, però de moment, l'única cosa en el que podia pensar era en el que succeiria després.

Realment havia llegit bé entre línies de tots els nostres correus electrònics?

¿Dels xats en línia?

De les trucades telefòniques nocturnes?

Potser hauria d'haver estat més subtil.

Això és el que diuen totes les revistes, oi?

Els nois necessiten que els digués el què fer.

"Relaxa't, Debbie".

El murmuri contra el meu sentit em va fer saltar.

"És fàcil per a tu dir-ho, Harry".

"Shh. Ja torno".

Vaig respirar fondo i lentament el vaig bufar, llepant, els llavis secs.

Feia només una hora que tenia el control?

O al menys l'opció d'allunyar?

El vaig escoltar moure per l'habitació, el televisor tornant-se a encendre ... donant-me adonar que estava esperant que em posés còmoda.

Vaig tancar els ulls, no és que importés, ja que no podia veure de totes maneres a través de la bena als ulls, i vaig pensar en aquesta mateixa nit més d'hora ...

CAPÍTOL II

Vaig alçar el meu mòbil i exhali.

El meu dit planava sobre el botó ENVIAR, els meus ulls enganxats a les dues paraules a la pantalla: Estic AQUÍ.

Vaig respirar profundament i vaig segellar el meu destí, resant perquè els meus nervis es calmessin, perquè ja no sentís nàusees.

No hi havia marxa enrere ara.

El so de la descàrrega d'un vàter va ofegar el so d'un telèfon proper.

Un instant després, la porta davant meu es va obrir i els meus nervis es van magnificar.

"Vas a ser-hi parada tota la nit?" Ell va dir tranquil.

La veu profunda provenia de la porta il·luminada.

Harry

Ja no havia de tancar els ulls per imaginar-m'ho.

Els seus amples espatlles sobresortien un peu sobre mi, embolicats en una camisa botonada amb les mànigues enrotllades fins als colzes.

Els seus ulls d'obsidiana miraven els meus amb una mirada brillant.

Les seves grans mans agafant el marc i la porta mentre s'inclinava cap al passadís cap a mi.

El nostre últim i primera trobada havia estat en un ball temàtic de gàngsters i cabareteres una setmana abans.

El meu propi terreny, els meus propis amics, la meva pròpia zona de confort.

Havia estat fàcil enamorar-se de les seves encants, de la forma en què m'abraçava quan ballàvem lentament.

La forma en què em va inclinar el barret de feltre a l'aparcament abans de besar-me suaument, els seus dits tot just tocant la meva galta.

La forma en què m'havia murmurat a l'oïda que la meva decisió de vestir l'estil gàngster ho havia excitat.

Es em van doblegar els genolls quan es va pressionar contra la meva maluc, demostrant la seva excitació.

Em va prendre tota la meva força que pot treure de mi mateixa els següents set dies, especialment a la feina.

Els nostres xats nocturns per telèfon i Internet no van ajudar.

Llavors, per què estava tan espantada?

M'estava lliurant a el moment en què havia estat fantasiejant tot aquest temps ...

"¿Debbie?" Va obrir la porta i va sortir completament a passadís ara, amb les comissures de la boca cap avall. "Estàs bé?"

Vaig retrocedir contra la paret, subjectant la meva bossa de nit sobre la meva espatlla.

És un error.

No hauria d'haver vingut.

Què estava pensant?

Espera, és que no estava pensant.

Jo ...

Els seus dits van fregar la meva galta mentre aixecava la meva barbeta.

"Està bé. No tinguis por".

"Qui jo?" La meva veu sonava tremolosa i res confiada, tot i que vaig somriure.

El seu nas es va aprofundir.

La preocupació i la decepció es van mostrar en els seus ulls foscos.

"No vols fer això?"

"Sí. Estaré bé".

Em vaig apartar de la paret, marxant cap al cau de l'lleó.

La porta es va tancar sorollosament darrere meu, fent-me saltar mentre observava els voltants.

Era una habitació estàndard d'hotel amb un bany amb jacuzzi a l'esquerra, la barra per la roba en una alcova a la dreta, i una suite oberta per davant amb dos llums i un rellotge digital en petites taules que flanquegen el llit solitària.

Un sofà, una taula, dues cadires i una còmoda baixa amb un televisor cargolat sobre remataven els mobles.

Res sofisticat.

Però llavors, no era una ocasió especial.

Bé, no una per al que alquilarías una habitació d'hotel de luxe, com per a una lluna de mel.

Un suau esbufec va escapar per el meu últim pensament.

No, res important com això.

Va haver-hi una tirada en el meu braç i immutar.

Els meus ulls es van aixecar per trobar-se amb els seus, i la seva suau somriure va alleujar una mica la tensió.

"Déjame prendre la teva bossa".

Vaig deixar anar la meva adherència de la corretja, mirant col·locar la bossa de lona a la còmoda sota de la pantalla de TV encesa però silenciosa.

Va pressionar un botó en el comandament a distància i la pantalla es va posar negra.

Ara realment només érem nosaltres dos.

Els petits sons ara semblaven amplificats.

El suau xiulet de la unitat d'aire condicionat.

El brunzit de la llum sobre els nostres caps.

El soroll de gel a la màquina just fora de l'habitació.

El clapoteig d'aigua al jacuzzi de la cantonada al costat del llit.

Bé, potser aquesta no sigui una habitació d'hotel tan estàndard després de tot.

El meu cor bategava a les meves orelles.

Vaig tractar de mantenir la meva respiració uniforme, vaig tractar de concentrar-me en tota la situació.

En el que estava fent.

En què ho estava fent.

Un suau gemec es va escapar quan vaig pensar en el possible resultat final, i alguna cosa es va estrènyer en les entranyes.

"¿Debbie? Seu".

Va prendre la meva mà i em va guiar al llit.

La meva pell formigueig pel contacte.

Els meus genolls es van doblar automàticament, i després estava descansant a la vora.

El meu baixa alçada em dificultava seure i encara poder tocar la catifa.

"Et veus bonica aquesta nit."

Parpellegi de nou i vaig inclinar el meu cap cap a ell.

Ningú m'havia cridat mai bella, excepte els meus pares.

Els seus ulls es van centrar en el vestit que havia triat per al ball d'aquesta nit, una faldilla de seda vermella amb estampat de roses i un cosset negre sense mànigues que proporcionava un ampli escot.

Era un dels meus favorits, principalment perquè em sentia bella, tot i el meu cos de mida petita.

Un somriure va atreure els meus llavis, contenta que a ell també li hauria agradat.

"El-ho sento. Només estic una mica ..."

"Està bé. Ho entenc". Es va asseure al meu costat, encara sostenint la mà.

Durant diversos minuts, l'únic soroll que vam fer va ser la nostra respiració, la seva normal, la meva trontollava.

Com pot estar tan tranquil?

Vaig mantenir la meva mirada a la meva falda, empassant pesadament ja que quan vagava cap a la seva falda ... veia el lleuger embalum allà.

Em estrenyia la mà de tant en tant.

Finalment, quan em vaig sentir tranquil·la, vaig aixecar els ulls cap al seu rostre.

Ell m'estava mirant.

Les comissures de la seva boca estaven ara doblegades cap amunt.

"Vaig a besar-te, d'acord?"

Inclinar la barbeta en resposta, i després la seva mà ahuecó la meva mandíbula, acostant.

Els meus ulls es van tancar quan els seus càlids llavis van tocar els meus.

Es van tocar lleugerament a el principi i després em van pressionar més fort.

Vaig estrènyer la seva mà, aspirant aire, petits crits de sorpresa van arribar a les meves orelles.

La seva mà va lliscar cap a la part posterior del meu cap, els seus dits enterrats en els flocs de la meva cabell.

Quan la seva llengua va dibuixar la meva boca, em vaig estremir.

Quan em va mossegar el llavi inferior, jadeé.

I quan la seva llengua va lliscar dins, sacsejant la meva llengua, vaig gemegar.

Harry va continuar apretant la meva boca amb la seva fins que les nostres llengües van ballar, assaborint, i els meus gemecs es van fer més freqüents.

Va treure la seva mà de la meva i va deixar anar el clip que subjectava les meves ondulacions castanyes.

Les suaus onades van caure en cascada sobre les meves espatlles, xiuxiuejant contra els meus orelles i galtes abans que les s'apartés per poder sostenir el meu cap amb més fermesa.

La meva mà va trobar la seva cuixa i el va estrènyer, provocant un gemec d'ell.

Els nostres cossos es van tornar un contra l'altre, els nervis es van mitigar mentre ell m'ajudava a lliscar sobre el cobrellit.

Quan em va recolzar contra els coixins, vaig sospirar i l'anticipació reemplaçar l'ansietat en els meus músculs tensos.

Els seus dits van acariciar les galtes i el front i coll, girant a través dels meus trenes mentre movia la seva boca contra la meva.

Era gentil però ferma.

En control, però sense pressa tampoc.

Els meus dits es van aixecar per traçar els contorns del seu coll, a través del lleuger rostoll en la seva mandíbula, fins al seu cabell ondulat, sostenint el seu cap.

Quan els seus dits van lliscar cap a la meva espatlla, sobre la corretja ampla de l'cosset del meu vestit, i van fregar el meu braç nu, vaig contenir l'alè en la meva boca.

Fins i tot a través del vestit i el sostenidor, podia sentir la calor del seu toc.

Anhelava que ell prengués el meu pit, per alleujar una mica la pressió que havia estat sentint des que ens vam conèixer.

Estava tan a prop, però semblava evitar a propòsit aquesta àrea.

"Saps tan bé." La seva boca va cobrir la meva una vegada més abans de moure al meu barbeta, mandíbula i darrere de l'orella abans de acomodar-se en la corba del coll.

El seu nas em acariciava, amb la seva llengua llepant la meva carn.

Vaig respirar fondo i vaig deixar anar l'aire lentament amb un gemec. "Olores increïble".

Gimoteé, la meva pell formigueig quan ell la va devastar.

"Si us plau, no paris. Mmm".

"No tinc intenció de fer-ho". La seva veu va sonar apagada mentre xuclava suaument, mossegava i després llepava amb els aguts dolors resultants.

Vaig agafar els seus braços, anclándome a ell.

El seu càlid cos pressionava contra el costat, encenent espurnes sota la meva pell.

Volia posar-lo a sobre de mi, però simplement no tenia l'energia.

O les agalles per prendre la iniciativa.

La seva boca va aterrar petons de papallona sobre la meva espatlla i fins a la meva gola.

Quan es va retirar, vaig obrir els meus ulls.

Els seus ulls estaven fixos, però no a la cara.

Vaig seguir el seu camí, i em vaig quedar sense alè quan vaig veure l'objecte de la seva concentració: el ràpid ascens i caiguda de les meves pits empenyent contra els límits de l'escot de l'vestit.

La meva mirada va tornar al seu rostre just a temps per veure-ho llepar els seus llavis.

"Si vols que pari, ara seria el moment ..."

"No, no, no". Vaig prémer els ulls i un calfred em va recórrer a l'pensar que tot podria acabar tan ràpid.

Una suau riure va ser la seva única resposta, i després els seus llavis van fregar la meva gola novament.

Lenta i metòdicament, van cobrir cada centímetre de pell.

De vegades, la seva llengua sortia disparada, fent-me tremolar.

Es em va tallar la respiració diverses vegades mentre es movia més avall.

Quan els seus llavis van acariciar la inflor del meu pit, vaig agafar la meva faldilla, el meu cos arqueándose cap a ell per la seva pròpia voluntat.

La part plana de la seva llengua va acariciar l'elevació per sobre de la vora del meu sostenidor de setí negre, i la sensació de calor humida em va cremar.

Es va moure, va posar un braç sobre la meva abdomen i va girar el cap.

El meu nas enterrada en el seu cabell.

Feia olor una mica a loció fresca de després de la rentada, i exhala amb un sospir.

El meu concentració va canviar quan vaig sentir el seu dit arrossegar per la corba del meu escot, submergint-se en l'espai entre els meus pits abans de lliscar sota la vora de l'sostenidor.

La seva llengua el va seguir, i un gemec es va elevar des del fons de la meva gola.

Els meus mugrons estaven tan durs que em feien mal.

Si ell sol ...

El meu cos es recargolava, instant a anar una mica més avall, cap a on jo ho volia.

On ho necessitava.

Quan vaig moure la mà, literalment tractant de prendre l'assumpte en les meves pròpies mans per alleujar el dolor, ell es va moure novament i va agafar el braç, aixecant per sobre del meu cap.

Es va aixecar prou com per alliberar el meu braç esquerre sota d'ell i ho va unir amb el meu braç dret.

Sostenint dos canells amb la seva mà dreta, va baixar la seva boca cap a la meva pit novament i va continuar adorant la meva pell ara ardent.

"Si us plau ... oh, si us plau, Harry ..." vaig murmurar més enllà dels gemecs que ell em treia.

"Què vols, Deb?" El seu alè va traspassar la barrera de l'sostenidor i em va fer que fes mal encara més. "Digues-me que vols."

"Oh ..." La meva ment estava borrosa, i de sobte em vaig sentir avergonyida de nou.

Per què no pot simplement entendre el que li estic demanant?

"Això podria ser?" Els seus dits van fregar la part inferior del meu pit a través del vestit i vaig gemegar. "Sí, crec que això és el que vols".

Va fer broma de nou, i finalment la seva mà ahuecó meu pit, estrenyent suaument.

El seu polze va fregar el mugró.

Fins i tot a través del material de la sustentació, això va enviar ones de xoc a través de tot el meu cos.

"Oh, Déu!"

Els meus ulls es van obrir de cop i vaig contenir l'alè, mirant a l'sostre, però sense veure res, delectant-me amb el fet que finalment m'havia tocat on ho necessitava.

Jadeé quan ell va moure la seva mà cap amunt i lliscar un dit sota de la vora del meu sosteniment i el va escombrar una i altra vegada directament sobre el meu mugró.

La calor es va precipitar i es va acumular entre les meves cames.

El món es va calmar.

Els seus llavis van fregar la meva orella, el seu alè ardent i tot fent-me tremolar.

Es em va tallar la respiració quan la seva mà va lliscar més dins el meu suport per ahuecarme per complet.

Vaig sentir la seva pell una mica aspra mentre pastava el meu pit, rodant el meu mugró entre el polze i els altres dits.

Em vaig tornar cap a ell, la meva boca buscant la seva.

Ell va gemegar, va pressionar els seus llavis contra els meus i em va empènyer sobre la meva esquena novament.

Em vaig moure sota d'ell, fent ressò de la seva gemec quan la seva llengua va escombrar la meva boca i va jugar amb la meva llengua.

Va prémer el meu pit un cop més i després va retirar la seva mà.

Va deixar anar el meu canell esquerre, va deixar anar la seva mà sobre la meva espatlla i va tirar tant de la corretja del meu vestit com de la meva sostenidor per la meva braç.

L'aire fred va fregar el meu pit ara nu.

El meu mugró es va tensar dolorosament.

Estava sense alè, tremolant, quan els seus dits van lliscar per la meva braç i lentament el van tornar a aixecar per sobre del meu cap.

Quan ho vaig sentir lligar alguna cosa al voltant de la meva nina, em vaig espolsar automàticament.

"¿Harry?"

"¿Sí, Debbie?" Va baixar besant pel braç i sobre el meu pit, succionant la meva mugró a la boca.

"Oh!" He oblidat el que anava a preguntar, els meus nervis es van esborrar amb aquesta simple acció, i em vaig arquejar contra ell.

Ell va riure entre dents, burlant-se de la meva mugró amb la seva llengua mentre es pujava sobre mi i deixava anar la meva altra canell.

Quan va descobrir el meu si dret, va moure la boca cap a aquest costat mentre tornava a posar aquesta mà sobre el meu cap.

Vaig lluitar per empassar, veient-lligar-me el canell dret.

"Ets tan sexy". Els seus ulls estaven brillants mentre s'asseia al meu costat, mirant el meu pit nu, el meu vestit i sostenidor just sota el meu bust.

Vaig tirar suaument dels meus canells i em vaig empassar la tensió.

Hi havia suficient folgança perquè els meus braços es relaxessin contra els coixins, però no prou com per poder deslligar-si així ho desitjava.

"No vaig pensar que ho recordarías".

Què li havia passat a la meva veu?

Sonava molt ronca.

"Oh, ho recordo. Ho recordo tot".

Aquesta somriure mandrosa, aquest to profund, aquesta sobtada mirada fosca en els seus ulls va fer que el meu cor saltés amb un batec.

La meva ment discorria per recordar tot el que havíem discutit ... i em preguntava si hi havia oblidat esmentar alguna cosa.

Però vaig perdre la concentració quan em va arribar per sota de l'esquena, va deixar anar els fermalls del meu sostenidor i lliscar la cremallera del meu vestit.

Vaig mantenir els meus ulls en ell, veient aparent fascinació en els seus ulls mentre ell sacsejava el meu vestit, revelant més i més del meu cos nu.

Va contenir l'alè quan va revelar els meus calces negres de setí.

Em vaig acostar a ell i ell es va aturar, agafant els meus malucs i passant les seves polzes cap endavant i cap enrere sobre la meva pell coberta.

Reprenent la meva nuesa, el setí de la meva faldilla va fregar les cames nues, i després va llançar el vestit a un costat.

Els seus dits van lliscar sobre els meus cames, fins els genolls, i després cap avall novament per descordar i llevar-me les sabates de taló.

Vaig tenir una sobtada onada de coratge.

Lentament vaig passar la punta de la meva llengua al llarg de la meva llavi superior i vaig moure els meus malucs.

"Llavors t'agrada el que veus?"

Els seus ulls es van alçar cap als meus, i juro que vaig veure una espurna de foc en ells.

No va parlar, però lliscar els seus dits sota de la vora de les meves calces i lentament les va baixar.

Vaig empassar saliva, conscient que realment em preocupava que li agradés el que estava veient.

L'aire fred va fregar contra mi, i no vaig poder evitar pressionar els meus cuixes junts, gemegant i retorçant mentre ell només em mirava.

Un parell de vegades, va aixecar la mà com si anés a tocar-me allà, però la seva mà va tornar a la falda.

Desitjaria poder llegir la seva ment.

Va ficar la mà a la butxaca del darrere i després es va inclinar cap a mi, fregant els seus llavis contra els meus.

"Estàs bé?"

Vaig prendre un parell de respiracions profundes i després vaig somriure.

"Si estic bé."

Els seus ulls es van trobar amb els meus, i ell em va tornar el somriure.

"Mentidera."

Les seves mans es van moure sobre la meva cara.

Un drap suau va cobrir els meus ulls, bloquejant la llum, i va assegurar la banda elàstica sobre el meu cap.

Es em va accelerar l'alè.

No vaig poder evitar-ho.

Ell estava en el correcte.

A una part de mi li preocupava haver-me ficat massa profund.

Jo havia volgut això.

Però una vegada que el meu control desaparèixer, els meus nervis van tornar i vaig tenir por.

No necessàriament d'Harry, sinó del que faria ... o no faria.

Semblava haver fet això abans.

Què passaria si no estic a l'altura de les seves expectatives?

Què passaria si no estic a l'altura de les seves expectatives?

CAPÍTOL III

El que ens va portar de tornada a mi ajaguda al llit, completament nua, amb els ulls embenats i les mans lligades a la capçalera.

Harry estava assegut o aturat en una altra part de l'habitació escoltant repeticions de Llei i Ordre.

Dubtava molt que estigués veient la televisió.

Realment podia sentir els seus ulls en mi.

I no era aquesta sensació incòmoda quan un sap que algú ho està mirant i es pregunta per què i després mira nerviosament al seu voltant intentant localitzar el culpable.

En canvi, sentia que la calor s'estenia per mi, contenta que em trobés digna de mirar.

Van passar diversos minuts, la sèrie es va anar a un comercial, i en el fons, vaig escoltar el clar clic de la porta de l'habitació de l'hotel obrint-se i tancant-se.

"¿Harry?"

No hi va haver resposta.

Vaig tractar de no entrar en pànic, però no vaig poder evitar llençar de les meves restriccions.

No vaig escoltar a ningú més a l'habitació, la qual cosa era una cosa bona.

Però tot i així ...

Els meus pensaments m'estaven superant quan vaig escoltar que la porta s'obria de nou.

Vaig contenir l'alè, vaig sentir el dringar de gel en un got i el xiulet d'una llauna de refresc que s'obria.

La calor d'un altre cos va fregar el costat dret, i el llit es va enfonsar pel pes d'algú assegut.

Jadeé quan una freda palmell va fregar la mugró dret.

"Em extrañaste?"

Vaig deixar anar un sospir entretallat, alleujat a l'escoltar la veu d'Harry.

"Digues-me alguna cosa la propera vegada que et vagis!"

"Ho sento. No vaig voler espantar".

Els seus llavis van fregar els meus.

Vaig olorar la cua en el seu alè.

Les nostres llengües van flirtejar per un moment, i després es va recolzar.

"Hauríem de començar?"

Vaig somriure, relaxant-me contra els coixins.

Ho vaig escoltar deixar el seu got, i després va començar a furgar sota el meu cap, baixant l'edredó i les mantes.

Es em va estarrufar la pell, poniéndoseme de gallina, quan les seves mans van fregar contra el meu cos.

Vaig ajudar tant com vaig poder en la meva posició aixecant el meu cos.

Quan estava ja ajaguda només sobre els llençols fredes, el pes del llit canviar novament i la televisió es va quedar en silenci.

"No pots veure res, oi?"

Inclinar el meu cap cap endavant, cap a banda i banda, i després em vaig relaxar novament.

"No, res."

"Llavors gaudeix. I ni una paraula".

Vaig assentir i flexioni els meus canells i dits.

Sabia que m'estava mirant de nou, i la calor es va acumular entre les meves cames.

Vaig moure els meus malucs, vaig moure els dits dels peus i després vaig girar els turmells.

Qualsevol cosa per tal de mantenir-me distreta.

Els meus llavis es van assecar de sobte i me'ls vaig llepar, empassant i trobant la meva boca seca també.

Em vaig obligar a respirar normalment, escoltant qualsevol indici del que podria estar fent.

L'aire condicionat es va apagar, i després només vaig escoltar la seva respiració uniforme.

Però, tot i així, no em va tocar.

Després de diversos minuts més, els meus músculs es van relaxar i les meves cames es van obrir lleugerament.

Se li va tallar la respiració i vaig somriure.

Em preguntava si s'estava masturbant, però segurament hauria escoltat alguna indicació d'això.

Anava a preguntar-li si tot estava bé quan ho vaig sentir.

Va ser un toc molt lleuger, directament sobre els meus dos mugrons.

Vaig gemegar quan es van endurir.

La sensació es va moure cap avall, seguint la corba sota dels meus pits i cap als costats.

Definitivament era una ploma, la plenitud fregant la meva pell com les puntes dels dits més suaus.

Es va moure sobre el meu abdomen, delineant meus costelles, envoltant el meu melic.

Els meus malucs es van sacsejar quan la punta va fregar la zona de l'engonal, on la meva cama s'unia al meu cos.

Em vaig estremir, amanyagant.

Va repetir el moviment, movent-se sobre el meu maluc i lentament cap enrere de nou, seguint la línia de la meva pelvis.

M'estava retorçant quan va passar la part plana de la ploma per la part superior del meu cuixa esquerra.

Es em va tornar a eriçar la pell de gallina i vaig obrir més les cames, usant els peus per guanyar força contra el llit per empènyer cap amunt.

Harry va riure entre dents.

"Paciència, Deb".

Però ell va deixar anar la ploma al llarg de l'interior del meu cuixa, baixant sota del meu genoll i panxell.

Vaig riure quan em va fer pessigolles a la part inferior del meu peu.

Es va canviar per treballar en el meu costat dret.

Podia sentir la calor del seu cos inclinant-se sobre les cames.

La ploma va traçar el mateix patró de l'altra cama, però cap enrere.

Des del meu peu fins a la meva panxell, sota el meu genoll i sobre la meva cuixa, a través del meu pelvis i els meus costelles.

Vaig arquejar l'esquena i vaig gemegar suaument quan els meus mugrons van fregar la màniga enrotllada de la seva camisa.

"Escolta, no facis trampa!"

Vaig somriure i vaig llepar els meus llavis, però em vaig comportar i em vaig recolzar.

Es va apartar i vaig sentir que es movia sobre el meu cap.

La ploma va traçar la part inferior del meu braç dret fins al meu canell i va fregar els meus dits.

Va dibuixar cercles al meu palmell obert abans de tornar a baixar per la meva braç.

La punta va escombrar la meva espatlla, va baixar per la meva clavícula i va creuar la meva gola.

Inclinar el meu cap cap a l'esquerra contra el coixí i vaig sospirar quan va traçar dissenys en el meu coll i em va provocar l'orella.

Quan va deixar anar la ploma sota el meu barbeta, inclinar el meu cap cap a l'altre costat i vaig sospirar novament mentre repetia els mateixos moviments en tot el meu coll, sobre la meva espatlla i en el meu braç i mà esquerres.

Vaig moure els meus dits, la ploma lliscant entre ells.

Es va posar dret, deixant que el meu cos supliqués.

Els meus dits es van apretar, fent-se ressò de les constriccions, profundament dins meu.

Vaig llepar els meus llavis novament, sentint que el meu cor bategava amb força.

Afortunadament, no va ser molt de temps.

Una nova sensació, suposo que un mocador de seda, va fregar els rovells dels meus dits i va baixar pels dos braços a el mateix temps.

Em va cobrir la cara, lliscant lentament pel nas i la boca per cobrir-me el coll.

Quan va arribar als meus pits, em vaig arquejar, gemegant.

El va fregar d'un costat a un altre sobre els meus mugrons adolorits.

Després el mocador va acariciar meu abdomen i els meus malucs, fregant breument la meva pelvis en el seu camí cap a les meves cuixes i peus.

Va repetir el procés al revés, cuidant de detenir-se en les àrees en què feia gemecs de plaer.

I després el mocador es va anar tan ràpid com va aparèixer.

Vaig escoltar a Harry furgant en una bossa de plàstic, i després estava de nou estirat al llit al meu costat.

Hi va haver un espetec que va sonar com una tapa de plàstic.

Jadeé quan alguna cosa fred va cobrir la meva si esquerre.

La seva llengua va llepar el meu mugró abans de xuclar a la boca.

"Ohh!" Em vaig arquejar cap a ell, i ell va obeir arrossegant la seva llengua per tot el meu pit, la seva mà buidada i estrenyent.

Quan aparentment llepar el meu si esquerra, es va moure per anar a dormir sobre meu costat dret i repetir el procés.

Podia sentir la calor bategar dins meu, pregant que em toquessin, i ploriquegi.

"Ho sé, Deb. Ho sé". Va prémer el meu pit dret i va estendre la mà per besar-me, submergint la seva llengua en la meva boca. "Mmm".

Vaig provar xocolata i vaig gemegar amb ell.

Em va besar a la barbeta i el coll, acariciant la meva espatlla.

Un corrent freda de xocolata va caure sobre els meus llavis, i vaig llepar hambrientamente.

El seu dit va pressionar entre els meus llavis, i el vaig xuclar profundament en la meva boca, netejant també de xocolata.

Llavors la fredor em va recórrer la barbeta i la gola.

Va continuar a través del escot entre els meus pits i va envoltar el meu melic.

El va seguir lentament la seva llengua i els seus llavis, fent-me tremolar d'excitació.

Els matalassos van grinyolar quan ell es va allunyar, i després vaig escoltar aigua corrent al bany.

Va tornar un minut després, passant lentament una tovalloleta tèbia sobre el meu coll, els meus pits i el meu estómac.

El canvi de temperatura em va fer panteixar i el meu cos es Ondo.

Es va recolzar sobre el meu costat esquerre de nou, la seva mà estesa sobre el meu abdomen.

Em va fregar per un moment, la seva boca va cobrir la meva mugró esquerre, rosegant i xuclant suaument.

Vaig intentar ajupir-me a passar-li els dits pels cabells, però les meves mans no ho van poder aconseguir, recordant-me que estava continguda.

Em vaig aferrar a l'aire en el seu lloc, tractant de pressionar el costat contra ell.

La seva mà va lliscar cap amunt i ahuecó meu pit.

Vaig plorar pel sobtat mossegada d'un glaçó de gel fregant-contra la meva mugró.

Em vaig apartar, però no hi havia on anar.

L'aigua freda gotejava per la meva pit, el gel lentament envoltava la meva mugró.

Em feia mal, però el dolor sobtat es va tornar entumecedoramente agradable i vaig sentir que la calor augmentava un cop més entre les meves cames.

Gimoteé, tractant d'allunyar-me ara, estrenyent els punys.

"Shh. Shh".

La seva mà lliure va tornar a pressionar contra el meu estómac, sostenint contra el llit mentre xuclava el meu mugró entumit, llepant l'aigua.

Es va apartar, i una tovallola tèbia va cobrir la meva tremolós pit.

Hi hauria d'haver estat a punt perquè ell es mogués al meu si dret, però el cub de gel gelat en ell encara em va sorprendre.

Vaig cridar, i un cop més, estava gemegant i allunyant-me, independentment dels seus intents de calmar-me.

El dolor agut va tornar, estrenyent el meu mugró, adormint la pell al seu voltant.

Quan el gel es va fondre, la seva boca va llepar i succionar l'aigua, i després la tovallola em va escalfar el pit.

El meu cap estava borrosa ara.

No podia creure el excitada que estava, encara més des del tractament amb gel.

Em vaig sentir una mica culpable d'haver gaudit el breu dolor.

El plaer resultant era sorprenent.

Em vaig alegrar que Harry m'hagués lligat als canells.

Estava segura que hauria tractat de detenir si hagués tingut la possibilitat.

Quant de temps portem en això, de totes maneres?

Els meus pensaments van tornar a aquest quan el gel va lliscar entre els meus pits.

Vaig cridar i em vaig arquejar.

Harry va atrapar els meus costats a les mans, sostenint contra ell mentre arrossegava el gel cap amunt i cap avall pel centre del meu cos amb la seva boca, els meus pits fregant les seves galtes.

Vaig sentir l'aigua acumular-se en el meu melic, vessant-sobre els meus malucs.

No vaig pensar que el meu cos pogués deixar de tremolar.

Quan el gel va desaparèixer, la seva llengua ho va reemplaçar, llepant la meva pell que ara chisporroteaba sota la capa freda de el gel i l'aigua.

Les seves mans es van moure per buidar els meus pits, estrenyent mentre acariciava l'escot en el medi.

Em va prendre un moment adonar-me que estava ficat al llit entre les meves cames.

A l'instant vaig aixecar els genolls cap als seus malucs.

Se sentia tan bé arraulit contra mi on més necessitava ser tocada.

Vaig sospirar, per la calor del seu dur embalum evident a través dels seus pantalons.

El seu riure profunda va vibrar a través del meu pit.

"Està bé. Capto la idea".

Em va deixar anar i es va arrossegar lluny de les meves cames.

Em vaig queixar davant la sobtada absència, però la seva mà en la meva maluc va calmar el meu retorçat cos.

Els seus dits es van obrir pas entre els meus rínxols i la meva pell calenta.

Vaig sospirar.

Les meves cames es van obrir de nou.

Un dels seus dits es va pressionar contra la meva relliscosa raja, tocant breument el meu clítoris.

Arrullé, obrint més les cames.

Lentament va acariciar el seu palmell sobre els meus llavis exteriors.

De tant en tant, mullava el seu dit, arrossegant-d'un extrem a l'altre, fent-me panteixar.

La seva mà es va aturar, ahuecando meu monticle, i dos dits van pressionar, estenent els llavis inflats.

Vaig contenir l'alè quan el seu polze va envoltar el meu clítoris.

I després un dit va lliscar més avall.

Ell va jugar amb això, traçant la vora de la meva desitjós forat abans de moure per fregar les parets dels meus llavis interns.

Els meus malucs es van sacsejar, tractant de obligar-lo a baixar ia dins meu.

La seva mà lliure va pressionar els meus malucs cap al llit, i després estava acariciant completament el meu cony.

El taló de la seva mà descansava contra el meu os pèlvic mentre els seus primers tres dits lliscaven cap avall, baixant per la vall, i arraulint per fregar el meu clítoris.

Una i altra vegada.

Va ser una sensació exquisida, finalment fer que em toqués, alleujant una mica la pressió que sentia.

Les meves mans es van estrènyer, el meu cos arqueándose, lluitant per alliberar-se.

Grunyir, tirant el meu cap cap enrere sobre el coixí quan va empènyer dos dits gruixuts dins meu i després em va xuclar el mugró entre les dents.

La seva mà es va accelerar, pressionant amb força i profunditat.

La tensió en el meu ventre va augmentar, i vaig estrènyer els meus cuixes voltant de la seva mà, cridant.

La seva mà es va aturar, però els seus dits es van seguir movent, encara enterrats entre les meves cames.

Em va xuclar el pit mentre jo cavalcava cap el meu primer clímax.

Quan vaig recuperar l'alè després de escórrer, ell es va allunyar.

El vaig escoltar buscar a la borsa novament, i després estava ficat al llit entre les meves cames, estenent les meves cuixes.

El meu respiració es va accelerar novament quan vaig sentir que s'estenia alguna cosa cremós i fred sobre el meu cony.

Em vaig estremir i vaig xuclar la meva llavi inferior, incapaç d'evitar que els meus malucs es arquearan cap a ell.

Els seus dits van fregar l'interior de les meves cuixes, i després va pressionar amb un dit, lliscant en el meu cony de dalt a baix.

Vaig empassar saliva i vaig respirar fondo només perquè llisqués seu dit a la meva boca.

Els meus llavis es van tancar al voltant del seu dit.

Vaig gemegar a el gust de crema batuda amb un toc dels meus propis sucs sexuals.

Mentre xuclava el dit, ell l'acariciava dins i fora, imitant el que ja havia fet abans a sota.

No era difícil pensar en ell fent això amb una mica més que els seus dits.

Només pensar en el fet que ell havia cobert el meu cony amb crema batuda, i molt probablement endevinar el perquè, segons l'experiència recent amb la xocolata, em va fer panteixar.

Ja havia jugat amb mi més vegades de les que podia comptar.

I encara que ja havia tingut moltes experiències noves aquesta nit, mai vaig imaginar a un noi llepant, allà baix.

Vaig sentir que s'asseia al llit, sense tocar-me.

Ell va grunyir, llarg i baix.

Era el so més sexy que mai havia escoltat, i no vaig poder evitar repetir-ho.

La capa inferior de la crema batuda començava a fondre i gotejava al voltant del meu clítoris.

Em vaig moure, gemegant suaument quan ell va pressionar més crema batuda entre els meus llavis.

M'havia posat crema d'afaitar allà abans quan vaig intentar afaitar el cony, i la sensació ara era igual d'eròtica, aixafant i acariciant la meva pell sensible.

"Ens estem posant una mica lluitadors, no?"

Vaig fer un so inintel·ligible d'impaciència, i ell es va posar a riure.

Em va encantar el seu riure tant com la seva grunyit sexy.

Vaig lluitar per empassar, estimant el que m'estava fent mental i físicament, malgrat la meva frustració intermitent.

Harry va passar els seus dits sobre el meu pit esquerre, al llarg de la corba pesada sota, sobre el suau onatge a la part superior, delineant l'arèola.

Ell ahuecó i massatge a la meva pit.

El seu polze i índex em van pessigar el mugró.

Em vaig mossegar el llavi per evitar cridar.

Fregar suaument la protuberància dura d'un costat a un altre i després va aixafar el seu palmell contra ella, alleujant el dolor agut.

La seva mà va lliscar per l'escot en el medi i va fregar la si dret.

Els seus dits van tornar a tocar-me, electrificant meva pell, enviant foc nou entre les meves cames.

Quan em va pessigar el mugró, vaig rodar cap a ell, desitjant que tornés a posar la boca sobre ell.

"Molt sensible."

El seu alè va fregar la galta, la seva llengua va recórrer la meva mandíbula, i després estava fent realitat el meu desig.

Els seus llavis es van tancar sobre el meu mugró i succionaron suaument el dolor agut que havia creat.

Em balancegi d'un costat a un altre, gemegant.

Vaig sentir la crema batuda enganxada als meus cuixes ara, i em vaig preguntar si ho havia oblidat.

No volia que deixés de llepar-me el pit, però de sobte el volia avall.

Volia saber què se sent tenir la seva llengua burlant-se de mi allà, tal com ho estava fent amb la meva mugró.

El que se sentiria a l'tenir la punta de la seva llengua pressionant dins meu, les seves dents mossegant la meva pell relliscosa.

Ell va passar la part plana de la seva llengua sobre el meu mugró novament i després va lliscar pel meu cos, besant i rosegant i llepant cada centímetre de la meva pell en el camí.

No trigant, estava recolzat entre les meves cames.

Va besar els meus malucs i després va arrossegar la seva llengua per l'encreuament entre les meves cames i la pelvis.

Va afegir una nova capa de crema batuda, i després els seus braços es van embolicar sota dels meus cuixes i els va separar.

Vaig gemegar, el meu cos es va convulsionar lleugerament.

Vaig sentir el seu alè calent contra els meus suaus rínxols.

Vaig plorar quan la seva llengua va sortir i va tocar el meu clítoris.

Vaig obrir més les cames i ell va aixecar el meu cony nu més a prop de la seva boca.

La seva llengua em va llepar una altra vegada, i jo vaig gemegar d'alleujament.

Els seus dits masajearon meves cuixes mentre llepava més profundament al llarg de la meva cony.

Vaig escoltar el suau so de la seva llengua llepant la barreja de la meva humitat i la cobertura de crema estesa.

La seva llengua era a tot arreu, sense perdre cap esquerda.

Va ser un procés lent i tortuós, i vaig resar perquè no s'aturés aviat.

Em vaig deixar portar, els meus malucs es van sacsejar sota de la seva boca.

Quan em va xuclar el clítoris, vaig tornar a cridar.

Quan va pressionar la punta de la seva llengua contra mi, vaig gemegar.

No podia tenir prou d'ell.

I volia tocar-lo més que mai.

Vaig maleir els meus restriccions ... i tot i així van elevar el nivell d'excitació a el mateix temps.

Mai havia tingut tanta varietat de sentiments corrent a través de mi d'una vegada.

Vaig venir per segona vegada quan el seu dit va lliscar dins meu una altra vegada.

Em va acariciar a través del meu orgasme, la seva boca encara s'aferrava al meu clítoris, el seu alè calent es barrejava amb el meu propi calor i humitat.

Estava baixant del meu clímax quan vaig sentir el cub de gel i vaig cridar.

Ho havia empès dins meu, i l'aigua freda corria entre les meves natges.

Els seus dits van pressionar, sostenint el gel al seu lloc, deixant que la meva calor el fongués.

Vaig sentir els meus músculs estrènyer al voltant dels seus dits, i lentament els va acariciar dins i fora a el mateix temps que els meus crits.

Un altre cub de gel es va unir a l'escena, aquest cop contra el meu clítoris.

Vaig caure en un altre orgasme, el meu cap rodant d'un costat a un altre entre els meus braços aixecats, sentint el gel i els seus dits acariciant-me.

La seva boca va tornar a llepar el meu cony mentre jo em recargolava sota d'ell.

D'alguna manera, els meus dits van aconseguir agafar el coixí.

Crec que vaig cridar algunes malediccions perquè Harry va riure entre dents i va dir alguna cosa sobre mi com 'ets una noia dolenta', el so vibrant contra la meva pell.

Finalment, em va oferir una mica d'alleujament i es va allunyar, baixant les cames cap al llit.

Estava panteixant, els meus ulls atapeïts.

El meu cos se sentia en flames, com si res del que havia fet fins ara ho hagués satisfet del tot, i no obstant això em sentia exhausta.

La seva boca va cobrir la meva.

Vaig aconseguir trobar la força suficient per tornar-li el petó, assaborint i olorant el meu propi almesc dolça en els seus llavis.

CAPÍTOL IV

He de haver-me quedat adormida, perquè el meu següent pensament va ser preguntar-me per què estava ajaguda cap per avall, sobre el meu estómac.

Els meus nines encara estaven lligades a la capçalera del llit, sobre el meu cap.

Encara tenia els ulls embenats i encara estava nua, però m'havia donat la volta.

Vaig sospirar, sentint els meus pits pressionar contra el llençol tèbia, el meu rostre arraulit en un coixí que jeia entre el meu cap i els meus braços.

Podia aconseguir els llistons de fusta a la capçalera ara.

Els vaig agafar lleugerament, fent olor el meu suor i perfum al coixí.

Estava a punt de cridar a Harry quan vaig sentir líquid tebi en els meus omòplats, i després la sensació de mans estenent el líquid sobre la meva pell.

Feia olor a lavanda.

"Benvinguda de nou, Deb. Et vas prendre una petita migdiada". Es va inclinar i va besar la galta. "Vaig aprofitar la situació i et recol·loqui. Et sents bé? Et fan mal els braços?"

Vaig somriure i vaig murmurar:

"No, estic bé".

"Bé."

Em va besar de nou i després va començar a fer massatges l'esquena i les espatlles.

Els seus dits van lliscar per la pell a causa de l'oli.

Les seves mans pressionaven suaument i tiraven de les meves músculs, atraient gemecs i sospirs des del més profund de mi.

M'havien donat diversos massatges abans, però cap havia estat tan sensual.

Em va excitar més del que realment alleujava qualsevol tensió acumulada.

Els seus dits es van moure cap a la base del meu cap, massatge meu cuir cabellut i darrere de les meves orelles.

Vaig respirar lentament, recordant on més m'havien masajeado aquests dits.

Quan va acabar amb la meva coll, va aixecar els seus braços cap meves mans.

Els nostres dits es van entrellaçar, tacats d'oli.

Va prémer les mans i va tornar a baixar a la meva esquena i costats.

Em vaig estremir quan els seus dits van fregar els meus pits, fregant l'oli al voltant del meu pit on els seus dits podien assolir.

Estava gemegant ara, sentint el pes del seu cos entre les meves cames, pressionant contra el meu darrere.

Em vaig estremir quan vaig sentir la seva embalum endurir-se, però ell va retrocedir, treballant en les meves cames ara.

Gimoteé, enterrant la meva cara al coixí per esmorteir el so.

Va acabar amb els peus i lentament lliscar les seves mans per la part posterior de les cames, sobre el meu darrere, pressionant al llarg de la part posterior de la meva cintura, malucs i pels meus costats.

Els seus dits van fregar els costats dels meus pits novament, i després es va estirar sobre mi, la seva boca contra el meu coll.

Em va apartar els cabells i em rosegar el lòbul de l'orella dreta, fent-me gemegar.

Vaig sospirar i vaig moure el cul contra ell, sentint la seva duresa bategar a canvi.

No volia pregar, i havia acordat no dir res, però estava calent i molesta tot i el massatge.

Necessitava més.

"¿Harry?" Gimoteé i em vaig arquejar de nou.

"¿Sí, Debbie?"

Sonava divertit.

Com si estigués esperant això.

Es va pressionar contra mi.

Grunyir.

"Per favor?"

Em va llepar el coll.

"Per favor què?"

"Si us plau ..."

"¿Hmm?" Es va posar dret, vaig escoltar el murmuri de la roba, i després es va asseure al meu costat, la seva cuixa nu contra la meva espatlla.

La seva mà va acariciar la meva esquena baixa, acariciant el meu darrere.

"Què vols, Deb?"

No vaig poder respirar per un moment, sabent que la seva polla hi era.

Gimoteé i després em vaig mossegar el llavi inferior.

"Déjame veure't."

Em va treure la bena i vaig haver de parpellejar diverses vegades per adaptar-me a la llum.

Vaig observar la seva espatlla nu i un tatuatge de filferro de pues que envoltava el seu bíceps esquerre.

Els meus ulls es van moure cap avall, i vaig sentir una cosa profunda dins meu retorçar de desig quan vaig veure la seva polla, dura i gruixuda sobre la seva cuixa.

Em assenyalava directament, el cap vermell i brillant.

Vaig contenir l'alè i vaig tornar la cara cap el coixí, agafant els llistons de la capçalera de nou.

"¿Això és tot?" La seva mà es va moure més baix, acariciant l'interior de les meves cuixes.

Em retorcí, gemegant.

"No."

"Què més vols, Deb?" La seva veu era més suau, més ronca.

Em vaig obligar a empassar i vaig tancar els ulls.

"Tu. Et vull a tu. Si us plau".

"¿Així?" Els seus dits van lliscar entre la meva humitat, fregant contra el meu clítoris.

Jadeé, els meus ulls es van obrir de cop.

D'alguna manera, vaig aconseguir trobar la meva veu novament.

"Vull més."

Ell em va acariciar lentament.

Els seus dits es van enfonsar dins meu.

"¿Així?"

"Vull més."

Vaig lluitar per posar els genolls sota meu, obrir més les cames i sentir més profund.

"Què tal això?" La seva veu era un murmuri calent en la meva oïda.

Gimoteé quan ho vaig sentir pressionar la seva polla contra mi, acariciant d'un costat a un altre entre els meus llavis exteriors.

"Oh, per favor, si!"

"Què vols que faci després, Deb?"

La meva llengua es va congelar.

Només pensava coses brutes al meu cap.

Mai m'havia imaginat dient tals paraules en veu alta.

Fins ara.

Però no podia dir-les.

Simplement no podia ...

Es va inclinar sobre la meva esquena, la seva polla descansant entre les meves natges, i em va xiuxiuejar a l'orella:

"Vols que et folli, Debbie? Vols que ho faci realment lent?"

Em vaig ofegar i després vaig assentir amb tanta fúria que em va fer mal el coll per l'esforç.

Va riure entre dents, va seure de nou i va agafar el meu maluc esquerra amb la seva mà forta.

El vaig sentir moure el seu polla fins que va descansar entre els meus llavis exteriors.

La pressió va augmentar.

Tot el meu cos es va tensar.

Hi havia jugat amb joguines moltes vegades, així que estava acostumada a la mida de la seva polla.

Però només hi havia imaginat com seria sentir-la real dins meu.

Tot i estar excitada i dilatada, encara em preocupava el dolor.

Ell va empènyer els genolls amb les seves, i aquestes van lliscar encara més en els llençols.

Va pressionar de nou, i aquesta vegada va entrar.

Em ennuegar de nou, enterrant la meva cara al coixí, fent veure que eren els seus dits en lloc de la seva polla per poder relaxar-me.

I tal com ho va prometre, molt lentament, centímetre a centímetre, va entrar en el meu cony calent i humit.

No podia creure la sensació.

No hi va haver dolor.

En canvi, hi havia una calor forta i palpitant.

I plaer.

Oh ¡que plaer!

Vaig pensar que mai s'aturaria, i després ho va fer, i tots dos ens vam quedar molt quiets.

"Estàs bé, Deb?"

Una mà encara sostenia el meu maluc

L'altra acariciava la part baixa de la meva esquena.

Me les vaig arreglar per dir "Sí".

Només podia imaginar la nostra escena eròtica: jo a quatre potes, els meus nines lligades al llit, el meu darrere aixecat cap a ell.

Ell agenollat darrere meu, la seva polla enterrada profundament dins meu, les seves mans en els meus malucs.

Els tremolors em van recórrer.

Mai m'havia imaginat submisa ... fins aquesta nit.

Ell va començar a retrocedir.

Es va obrir pas lentament, una mica fora, novament dins; va sortir una mica més, tot el camí de tornada, fins que es va escolar perquè només el cap del seu membre romangués dins.

Era una experiència impressionant, i només vaig poder deixar anar petits esbufecs de plaer mentre es movia.

Les seves dues mans van agafar els meus malucs ara, i lentament em va follar dins i fora, balancejant el meu cos cap endavant i cap enrere contra ell.

Es va posar a ritme, i em vaig trobar movent-me igual per la meva pròpia voluntat.

Quan ell va pressionar fins al fons, fent una pausa per donar una empenta extra profund, enterrant les seves boles contra el meu darrere, vaig gemegar més fort.

Vaig perdre la noció de el temps, només gaudint de les sensacions:

Les seves mans sobre el meu cos.

La seva polla dins meu.

El so sord d'ell lliscant en el meu cony.

El meu cor bategava en el meu cap.

La nostra respiració pesada.

No sé si va dir alguna cosa, però estava tan concentrada en la creixent pressió dins meu que no crec que ho hagués escoltat si ho hagués fet.

No hi havia augmentat la seva velocitat en tot moment.

Així es va intensificar tota l'experiència, va guanyar el plaer.

Es va moure lleugerament, possiblement per alleujar la pressió sobre els seus genolls.

No importava per què ho va fer, però també es va moure dins i vaig cridar, donant-me adonar que havia colpejat el meu punt G.

Va fer una pausa en la seva retirada.

"¿Debbie? Et llastimar? Estàs bé?"

"Aquí!" Va ser tot el que vaig poder dir, em vaig quedar sense alè a la gola, instant en silenci a continuar.

Vaig agafar els llistons de la capçalera i vaig tractar d'empènyer contra ell, però les seves mans em van detenir.

Va empènyer cap endavant, i vaig cridar quan el va colpejar de nou.

"Aquí!"

"Ah. Ho tinc, Deb. Ho tinc".

I ell ho va fer.

Una i altra vegada, va lliscar profundament en aquest lloc perfecte.

La vora s'apropava cada vegada més.

I després em vaig bolcar, cridant tot el camí.

Em vaig desplomar contra el llit, però ell va continuar acariciant, xiuxiuejant paraules d'alè.

Tot just entenia el que deia, però la seva veu profunda era reconfortant.

Vaig sentir les seves mans estrènyer més fort.

Els seus malucs es van estavellar contra meu darrere, un corrent calenta em va entrar en el més profund, vaig plorar amb ell, i després ens vam quedar quiets.

Sorprenentment, va començar a acariciar-me novament, tan lent com abans, i vaig aconseguir un altre orgasme.

Mentre em sacsejava sota d'ell, Harry va estendre la mà per sobre de mi i va desencadenar les meves nines.

Vaig caure de costat.

Em va empènyer cap enrere contra el seu pit, encara dins meu.

Es em van saltar les llàgrimes quan una de les seves mans va cobrir el meu pit i em va acariciar.

La seva altra mà va caure per buidar el meu monticle, els seus dits van lliscar entre els meus cuixes per fregar el meu clítoris.

I vaig venir per cinquena vegada.

En algun moment, vaig apartar les seves mans.

Vaig sentir la seva polla sortir-se de mi i recolzar contra la meva cama.

Va escampar petons al llarg de la meva omòplat i em va sostenir en la posició de cullera contra ell.

Quan vaig tornar a la realitat i vaig recuperar l'alè, em vaig girar per mirar-lo.

Els seus braços em van embolicar i em van acostar.

"No fem servir al jacuzzi", vaig murmurar contra la seva espatlla.

"Què, no hi ha prou plaer per a una nit?" Ell va riure entre dents i va pressionar els seus llavis contra el front, raspallant meu cabell darrere de la meva orella. "La sortida de l'habitació no és fins al migdia de demà. Així que tenim temps de sobres".

Inclinar el meu cap cap enrere per poder mirar-lo als ulls foscos.

Semblaven pesats, tan somnolents com els meus.

Me les vaig arreglar per ocultar la meva badall amb un somriure.

"Bé, perquè em falta la meva venjança i sóc una gossa".

FI

DOMINANT A SUSAN.
EL NOU TREBALL
(DOMINACIÓ ERÒTICA)
PER
ERIKA SANDERS

PRÒLEG

Robert és un madur home de negocis reeixit, casat i amb un fill de la mateixa edat que Susan.

Les seves famílies han estat amics propers durant molts anys i ell l'havia vist convertir-se en una jove encantadora.

Ell sempre havia mostrat una amistat oberta cap a la noia i, al llarg dels anys, l'havia fet conscient de la seva afició per ella.

En secret, la seva relació amistosa i el seu afecte per la noia ocultaven els seus molts desitjos foscos, sense cap oportunitat de fer-los realitat.

La seva submissió total cap a ell era l'únic somni, en els seus pensaments més foscos i que desitjava que es fessin realitat.

Susan és una noia, recentment graduada, amb un títol en negocis a la mà i ansiosa per experimentar el món.

A punt de començar el seu primer treball real, un lloc ofert per Robert, amic de la família, per respecte al seu pare i reconeixement de les seves habilitats.

Però també, sense que ella ho sabés, alimentat pel seu desig de posseir-la.

Ella és una noia agradable, sensual però dolça que ha tingut el mateix nuvi, Peter, des del seu primer any d'universitat.

Són aventurers, però mai pertorben el seu món.

Ella sap el que vol, o creu que ho sap, però realment és bastant obedient deixant que altres la guiïn pels camins de la seva vida.

EL NOU TREBALL

S'atura davant de l'edifici, i els seus ulls contemplen la façana d'acer i vidre.

Observa a tots els homes i dones ben arreglats i precipitats entrar i sortir de l'entrada.

Mira el seu propi vestit de faldilla curta, reprèn el pas, i entra.

Se sent petita i una mica intimidada pels homes que s'eleven per sobre de la seva alçada d'un metre seixanta mentre puja a l'elevador i entra en el negoci del seu nou ocupador.

Mirant al seu voltant, el veu al taulell de recepció parlant amb una bomba de dona rossa i rient coquetamente, i el seu somriure il·luminant la cara mentre la gira cap a ella.

Ella es posa vermell sense saber per què i es mou cap a ell amb els talons fent clic a terra de rajoles.

El braç d'ell l'envolta protectoramente les seves espatlles mentre la presenta a la noia de l'escriptori.

"Anne, aquesta és la meva petita Susy!"

Ella es posa vermell, després es redreça i estén la seva mà.

"Hola, en realitat em dic Susan, gust en conèixer-te".

Ell la dirigeix amb la mà constant sobre la seva espatlla a diversos departaments ia altres executius.

La presenta com Susan, pel que està agraïda, i que vol posar els seus millors maneres en aquest món de gran rivalitat.

Ella roman a prop seu durant tot el matí intentant memoritzar una gran varietat de noms abans que finalment la porti a la seva suite d'oficina.

Ell la mostra l'escriptori a l'avantsala que serà seu la major part de el temps que ella estigui aquí.

Ella guarda la seva bossa i passa els dits suaument sobre els mobles ben triats.

És portada a la seva oficina on ell li assenyala amb la mà als opulents mobles foscos, tots de cuir i caoba.

"I aquí és on treball".

Deixant seu costat per primera vegada, ell se senti en el seu escriptori.

Ella se sent estranyament sola parada en aquesta gran oficina davant seu.

Prenent algunes claus, continua parlant:

"A l'esquerra, darrere de la saleta d'esbarjo, trobaràs una porta a una petita cuina. Aquesta sovint entreté als clients. La nevera de la barra ha de romandre proveït sempre amb el que apareix a la llista, ia més hi ha un menú . Has d'aprendre a cuinar tots els plats, en cas que el cuiner no estigui disponible. el posaré en el teu programa d'entrenament ".

S'havia mogut ràpidament darrere d'ella empenyent cap a la porta i obrint-.

Amb els ulls molt oberts i esglaiada per la grandària de la companyia i les oficines que posseïa, tot el que pot fer és assentir tontament.

"Això serà així."

"Sí, senyor", diu ell amb un somriure, però la severitat de la seva veu la sacseja.

"Sí, senyor". Ella respon automàticament.

Prenent de el braç, ell es mou fora de la cuina i la porta a una altra alcova amb la porta en la mateixa paret.

"I aquest és el meu bany privat, pots usar-lo, però només amb el meu permís, entens, Susy?"

Ella assenteix de nou sense paraules davant l'opulència d'aquest bany, recuperant-se quan el sent posar-se rígid, balbucejant:

"Sí, senyor".

Ell somriu davant la seva obediència.

"Utilitzarà el bany d'empleats al passadís si té necessitats i jo no sóc aquí"

Ella és més ràpida aquesta vegada.

"Sí, senyor".

A l'altre costat de l'habitació, dues alcoves similars amb portes que ell els mostra.

"Aquesta és una sala de reunions privada", ella mira ràpidament mentre ell la s'afanya "... i aquí és on descans si necessito passar la nit a la ciutat".

L'habitació estava fosca i s'entreveia un gran llit amb dosser i bancs estranys a la gran sala.

Tot just va tenir temps de percebre-abans que li tanqués la porta.

La porta de tornada al seu escriptori, encén l'ordinador i li mostra el servei de missatgeria personal des de la seva oficina al seu ordinador que sempre ha d'estar encesa i obert.

Content amb els "Sí senyor" apropiats en els moments correctes i la seva inclinació natural a ser servicial, la deixa a l'escriptori perquè es familiaritzi amb el seu nou entorn.

Ell posa a prova la seva atenció enviant-li petits missatges instantanis i es somriu davant les seves respostes immediates mentre ella llegeix les tasques i els diferents horaris que li van queixar en el seu escriptori.

L'OCUPACIÓ REAL

Ell va ser pacient i amable mentre ella es familiaritzava amb el seu nou treball dins de la seva companyia.

Parlava amb ella sovint a través de la pantalla de missatgeria instantània durant els moments en què no estava en reunions, o fora de l'empresa, preguntant sobre la seva família, amics, per com anaven les coses amb el seu xicot, fent sentir al seu vegada el seu afecte i interès genuí en la seva vida.

Durant les primeres setmanes, molt ocupades del seu entrenament, es va prendre el temps de consultar amb ella i ajustar-li l'horari si cal, convertint-se en el seu mentor, el seu amic i, de vegades, una figura paterna severa.

Feia broma amb ella, jugava i xerrava amigablement.

Les converses poc a poc es tornaven més íntimes a mesura que passava el temps.

Van jugar a veritat o repte, sovint, a través de l'ordinador, i en el joc les seves preguntes es van tornar més personals i directes.

Després es va aturar mentre llegia la seva última resposta.

Hi havia esperat que passés alguna cosa així, però mai va esperar realment que passés.

Aquí estava jugant a la veritat i aquí estava l'ocasió d'atrevir amb ella una altra vegada.

Ella sempre triava la veritat ... i acaba de confessar 01:00 nalgada del seu nuvi, i que li havia agradat.

Amb això, anava a començar a fer realitat el seu somni.

Sabia que probablement mai tornaria a jugar a això amb ell de nou, i gairebé va retrocedir, pensant que ella volia deixar de fer-ho, o pitjor encara, dir-li a algú de la companyia i després a la seva família.

No obstant això, havia de seguir endavant.

El seu desig sostingut per molt temps ho va conduir, i va començar a escriure.

Ella no havia triat atrevir-se, però ell va continuar escrivint ...

* * *

"Et repte a que em deixis azotarte, Susy".

Ella va fixar la vista, no podia creure el que estava llegint.

S'havia acostat a ell, l'adorava i la forma en que la cuidava i la feia sentir tan especial, gairebé com si fos el seu pare.

Potser estava fent broma amb ella una altra vegada, sense creure el que ella li havia explicat sobre la seva cita la nit anterior.

La seva ment va donar voltes a l'pensar en com s'havia sentit rebent una nalgada per part del seu nuvi i es va retorçar en el seu seient a l'adonar-se que necessitava respondre.

Va mirar fixament la pantalla, el quadre de missatge estava en blanc, de moment, esperant la seva resposta.

* * *

Ell va començar a espantar-se, però després va veure que ella estava escrivint.

El seu cor bategava ràpid, i es va espantar el pànic, abans que finalment veiés el que ella estava escrivint.

"Sí senyor."

Va teclejar ràpidament, empenyent a actuar a ella ia la seva sort:

"Llavors entra a la meva oficina i tanca la porta. Quan entris a la meva oficina obeiràs totes les meves ordres, jauràs sobre la meva falda sense parlar i et someterás als meus natges".

* * *

Ella va parpellejar davant la seva resposta.

Aquest joc s'estava tornant seriós, però era només un joc, oi?

¿L'estava provant?

Hauria retrocedir?

Tots dos estaven nerviosos i tensos pels seus propis motius, enganxats a la pantalla de l'ordinador.

Ella no volia ser la primera a retrocedir i que ell es burlés d'ella.

Ella va escriure:

"Sí, senyor".

* * *

"Llavors vine a la meva oficina, Susy, i tanca la porta".

No hi va haver resposta, però ella va entrar ràpidament a la seva oficina i va tancar la porta com un conill espantada, incrèdul del que acabava d'acceptar, pensant que encara estava jugant amb ella.

Va seure aparentment impassible mentre el seu cos li feia mal per ella, a l'veure la seva por, la confusió i la calor en els seus ulls que la va fer continuar.

"El meu falda espera"

Ella va fer un pas endavant i ell va aixecar la mà, es va aturar a mig pas.

"Vas estar d'acord en obeir entrar en aquesta habitació, no?"

Visiblement tremolant, ella va xiuxiuejar:

"Sí, senyor".

Ell va assenyalar el terra, s'estava encoratjant, i va grunyir,

"Arrossega't cap a mi".

Va observar com veia les emocions jugar a la cara, reticència, por, por, emoció i finalment submissió.

Va deixar escapar l'alè que estava contenint mentre veia el començament del seu somni fer-se realitat, el seu petit cos caient de genolls i després a les seves mans mentre ella començava a gatejar cap a ell.

Va sentir que la seva polla s'agitava a l'veure-la.

Era seva finalment, encara que només fos per aquesta tarda.

***

No podia creure que estava fent això, aquest home que havia conegut tota la seva vida estava a punt de assotar realment.

El joc havia anat massa lluny, però per què no ho estava detenint?

Ella s'adona que ho volia!

Oh, Déu, ¿ella ho volia?

¿Hi havia alguna cosa malament amb ella?

Per què se sentia així?

Els seus ulls es van clavar en la seva forta cos en la seva gran cadira quan ella va aconseguir els seus peus i lliscant com una serp es va moure a la falda.

Sabia que estava malament, però no podia evitar-ho.

Sense paraules, sense discussió, sense acariciar per ser una bona noia, la mà es va estavellar contra el seu darrere amb força, i ella va xisclar.

***

Va mirar al el bell àngel que s'arrossegava cap a ell, la seva ment anant als llocs més foscos i havent de retrocedir, tan jove i impressionable que no s'adona de la seva vàlua.

Ell usava tota la seva força de voluntat per a romandre impassible mentre ella es llisca sobre la falda, segur que pot sentir aquesta duresa en el seu estómac mentre ell li aixeca la faldilla, revelant una tanga rosa, aixeca la mà i la colpeja amb totes les seves forces .

Si només per aquesta vegada la gaudís.

Observa com els seus músculs tensos s'ondulen sota l'atac i les petjades seva mà brillen en vermell sobre la seva pell blanca.

Ella crida i panteixa:

"Ohhhhh esoooo dueleeeeee".

Ella crida i retorça les seves cames patejant quan ell la castiga de nou profundament.

***

Perd el compte dels flagells mentre el dolor omple el seu petit cos i l'escalfa.

Es dóna compte de la calor que comença en el seu petit cony i la humitat en les seves cuixes mentre la assota.

Perduda en el seu calor i necessitat de cridar, petites llàgrimes solquen les seves galtes.

***

La seva mà s'adorm mentre la castiga amb força assaborint la tensió dels músculs durs, els seus crits i súpliques perquè deixi de assotar mentre pinta el seu petit cul d'un vermell brillant.

S'atura quan la veu mullada entre les cames, increïblement, el seu petit cos espasmòdic sobre la seva falda.

***

La seva ment es va tancar al poder d'aquest home mentre esbufega i crida.

Mentre ell continua azotándola amb força i ràpid, el seu cos es fa càrrec mentre la seva ment trontolla, sent la calor i la necessitat acumulada d'un nuvi massa inepte i perduda en la sensació que ella es corre, es posa dura i el seu orgasme li cau a dojo sobre les seves cuixes amb aquest simple flagell.

Ella sent que ell es deté i es mor dins.

La seva vergonya la plena mentre ella tremola sobre la seva falda, panteixant i sanglotant.

La calor de la seva rubor omplia el seu rostre, tan avergonyida, com va poder haver fet això?

***

Ell somriu a l'veure la seva cara posar-se vermell de vergonya, la manté en el seu lloc, sabent que aquest és el seu moment.

"Durant la setmana que ve, et convertiràs en la meva esclava. Aquesta serà la teva ocupació real. Em obeiràs en tot el que jo et mani. Et mantindràs a la vista tot el temps i em demanaràs permís per anar-te si cal, encara que només sigui per anar a l'bany. Et posseirà i em obeiràs. a el final d'una setmana parlarem d'això novament ".

* * *

Ajaguda a la falda sentint l'orgasme de les seves natges, ella escolta les seves paraules.

És una declaració, no una pregunta.

Es dóna compte de que no li ha donat opcions.

Ella inclina el cap avergonyida, tremolant pel que acaba de fer.

I ella gemega:

"Sí senyor"

.

LA HISTÒRIA CONTINUARÀ AL PRÒXIM VOLUM: LES REGLES

63

www.ingramcontent.com/pod-product-compliance
Lightning Source LLC
Chambersburg PA
CBHW021809150726
47989CB00004B/1852